LA GRANDE IMAGERIE

W0205074

NARUTO

TEXTE CYRIL CASTAING

FLEURUS

L'HISTOIRE DU MANGA

Naruto est l'un des plus gros succès de l'histoire des mangas dans le monde. La série, déclinée sous de nombreuses formes, a débuté il y plus de vingt ans et s'est terminée en 2016 en France, mais elle reste un manga culte pour toute une génération de fans. Mélangeant humour, amitiés et combats féroces, elle relate l'histoire d'un apprenti ninja évoluant dans un monde fantastique et imaginaire largement inspiré du Japon féodal.

Genèse et développement du manga

Naruto a été écrit et dessiné par l'auteur japonais Masashi Kishimoto. Il s'agit d'un manga shōnen, où l'on retrouve des thèmes classiques de ce genre, comme l'amitié et l'importance du groupe, la bravoure et l'effort nécessaire pour dépasser ses limites.
La première parution a eu lieu dans le magazine de manga hebdomadaire japonais *Weekly Shōnen Jump* de l'éditeur Shūeisha en 1999. Il y a au total 72 tomes et 700 chapitres (dont 238 chapitres pour la première partie), dont le dernier a été publié en 2014.
Le manga a aussi été adapté et diffusé à la télévision japonaise entre 2002 et 2007 pour la première série. Cette version comprend 220 épisodes.

Naruto & Kyubi - Linked bythe seal HQS by TSUME.

Les différents supports

En plus du manga et de l'animé associé, *Naruto* se décline aussi dans de nombreux autres supports. Il y a eu onze films réalisés, trois liés à *Naruto* et huit à *Naruto Shippuden*, ainsi qu'une douzaine de courts et moyens métrages. *Naruto* existe également en DVD, notamment avec la version originale et intégrale éditée par Kana Home Video, sous la forme de 17 coffrets. Aujourd'hui, on retrouve *Naruto* dans de nombreux produits dérivés (jeux vidéo, figurines, romans, etc.). Il existe même, au Japon, des parcs d'attractions avec des univers dédiés au manga, comme le Nijigen no Mori sur l'île d'Awaji avec une reproduction du village de Konoha !

Succès dans le monde et en France

Avec près de 250 millions d'exemplaires vendus (tous tomes confondus), *Naruto* est un énorme succès et fait partie des cinq mangas les plus vendus dans le monde. En France, *Naruto*, édité par Kana Édition depuis 2002, est aussi rapidement devenu un best-seller. Avec plus de 26 millions d'exemplaires vendus au total, il reste encore l'un des mangas les plus achetés dans le pays chaque année.
Diffusée initialement sur la chaîne Game One à partir du 2 janvier 2006, la série télévisée, version française, est ensuite programmée par de nombreuses autres chaînes comme NT1, France 4, France Ô, Canal J-One, et plus récemment sur la plateforme de streaming Netflix.

NARUTO ET NARUTO SHIPPUDEN

Alors que pour le manga on ne parle que de *Naruto*, la série animée est quant à elle divisée en deux : *Naruto* qui comprend les 220 premiers épisodes puis *Naruto Shippuden* qui en comprend plus de 500. On y retrouve les mêmes personnages principaux ayant grandi, évolué et bien sûr de nombreux autres ! Les aventures y prennent un ton plus grave et dramatique tout en conservant l'humour propre à la série.

L'UNIVERS DE NARUTO

L'histoire de Naruto *se déroule dans un monde imaginaire ressemblant au Japon du temps des samouraïs. Il s'agit d'un univers fantastique où la technologie, bien que présente sous certains aspects, est peu utilisée. Au contraire, les éléments de la nature sont mis en avant à travers de nombreuses forces et monstres qui se manifestent tout au long du manga. En dehors des combats de ninjas, le quotidien est semblable à la vie réelle, mélangeant modernité et époque féodale japonaise.*

Les différents pays et villages ninjas

Dans *Naruto*, le monde est divisé en différents pays possédant chacun leur seigneur et, pour la plupart, leur village ninja caché qui les défend. Ces villages sont de véritables puissances militaires. On compte cinq pays principaux correspondant aux cinq éléments : le pays du feu, de l'eau, du vent, de la foudre et de la terre. Ces pays ont des relations fluctuantes, alternant périodes de paix et de conflits, parfois dévastateurs, notamment lors des guerres appelées « Grandes Guerres Ninja ».

Synopsis

L'histoire commence 12 ans après qu'un démon-renard à neuf queues ait attaqué le village ninja de Konoha du pays du Feu. Capturé, le démon a été enfermé et scellé dans un nouveau-né du nom de Naruto. Le récit débute lorsque Naruto, alors jeune apprenti, essaye de passer ses examens pour devenir ninja. Orphelin et peu apprécié des autres villageois, c'est un adolescent espiègle et toujours prêt à faire des farces pour se faire remarquer…

Temari, ninja du village caché de Suna

Le village de Konoha

Konoha, qui signifie « village caché par les feuilles d'arbres », est le village ninja dans lequel débute l'histoire et où vit Naruto. C'est l'un des plus puissants des cinq grands villages ninjas. Il se situe dans le pays du Feu à qui le village assure sa protection. Son chef - appelé le Hokage - est considéré comme le ninja le plus puissant. Tous les Hokage du passé ont leur visage sculpté dans la montagne aux abords du village. Exceptée cette particularité, le centre de Konoha est inspiré de celui d'une ville japonaise. L'auteur du manga avait indiqué qu'il l'avait modélisé d'après son village natal.

Les clans

Les familles ninjas s'organisent, pour les plus grandes, en clans. Ce sont des organisations hiérarchiques qui maintiennent les traditions et les coutumes spécifiques de la famille. Chaque clan possède une histoire, des spécialités et une philosophie particulière. Les valeurs essentielles et les secrets des techniques de combat sont transmis par les descendants les plus proches de la lignée principale, de génération en génération. Cependant, il est possible de ne pas avoir de lien familial avec certains membres du clan.
Les clans de Konoha les plus connus sont les clans Senju, Hyûga, Uchiwa ou encore Akimichi.

Symbole du clan Uchiwa

Marque de la branche secondaire du clan Hyûga sur le front de Neji

Chôji, héritier du clan Akimichi

LE MONDE DES NINJAS

Les ninjas, appelés aussi shinobi, sont des guerriers. Ils ont généralement reçu une formation spécifique dans une académie militaire du village auquel ils appartiennent. Ils acquièrent les techniques de base de combat et les règles fondamentales des ninjas. Ils possèdent des capacités physiques et mentales souvent au-dessus de la moyenne. Leur pouvoir tient dans la maîtrise de leur énergie appelée « chakra » (voir page 8).

Le Mizukage du pays de l'Eau, « mizu » signifiant « eau » en japonais

L'organisation des ninjas

Chaque ninja possède un grade en fonction de son niveau, qui détermine son rôle et ses missions.

Les aspirants ninjas reçoivent un bandeau au signe de leur village et continuent leur formation en groupe de trois avec un mentor du grade de ninja supérieur.

Les ninjas de moyenne-classe sont des ninjas confirmés, qui ont passé avec succès l'examen de passage en trois épreuves. Ils reçoivent l'uniforme de leur village et peuvent être envoyés en mission seuls ou par équipe. Le grade de moyenne-classe permet aussi d'avoir la responsabilité d'autres ninjas.

Les ninjas de classe supérieure sont les meilleurs de leur village. On leur confie les missions les plus périlleuses.

Les Kage, ce sont les chefs de chacun des cinq villages. Théoriquement, ce titre est donné au meilleur et plus puissant ninja. Dans le village de Konoha, pays du Feu, on l'appelle le Hokage (Kage signifiant « ombre » et Ho « feu »). Ils sont reconnaissables à leur chapeau spécial avec le signe de leur pays.

Les aspirants ninjas

Les ninjas supérieurs en présence de l'Hokage de Konoha

Orochimaru, Tsunade et Jiraya, le trio légendaire

Kisame, ninja portant le bandeau rayé du déserteur

Les ninjas spéciaux

Il existe aussi des ninjas avec un titre spécifique, comme les trois ninjas légendaires (voir page 18). Il s'agit de Jiraya, l'ermite aux grenouilles, Orochimaru, l'antagoniste aux allures de reptile et Tsunade, la ninja médecin. Ils possèdent ce titre honorifique grâce à leurs exploits passés et leurs puissances équivalentes à celle d'un Kage.

Les ninjas déserteurs ont abandonné leur village et souvent trahi. Certains d'entre eux sont recrutés par l'organisation criminelle Akatsuki (voir page 21). Les chasseurs de ninjas déserteurs ont pour missions de les neutraliser et faire disparaître leurs corps, pour éviter que leurs techniques ne soient révélées.

Kunai et parchemin explosif

L'équipement des ninjas

Même s'il existe des similarités, la tenue des ninjas dans *Naruto* est totalement différente des vêtements des ninjas historiques du Japon féodal. Dans la série, ils portent un bandeau frontal qui porte le signe distinctif du village ninja auquel ils appartiennent. Le bandeau peut aussi être porté au bras, à la ceinture, autour du cou, etc. Les ninjas possèdent aussi des shurikens, armes métalliques en forme d'étoile qui sont lancées vers l'adversaire, et des kunai, armes blanches qui ressemblent à un couteau. Ils utilisent aussi des parchemins explosifs, morceaux de papier sur lequel est mis un sceau, pouvant s'enflammer puis exploser, ainsi que des poisons sous différentes formes (poudre, gaz ou liquide). En plus de ces équipements classiques, chaque ninja possède sa tenue et ses armes particulières.

Shurikens

L'ÉNERGIE DES CHAKRAS

Le chakra est une force qui résulte de la combinaison de l'énergie Yin spirituelle et de l'énergie Yang physique. Ces énergies, possédées par chaque être vivant, circulent dans tout le corps à travers un réseau de canaux subtils appelés méridiens. Il existe aussi certains points spécifiques appelés les cavités, au nombre de 361, qui peuvent influencer ce flux énergétique. Ces points, utilisés par les ninjas, peuvent permettre de neutraliser un adversaire ou d'augmenter temporairement la puissance de leur chakra.

Les cinq natures du chakra

La nature des chakras

Le chakra est composé des deux énergies essentielles, Yin et Yang. Mais il possède aussi une nature qui correspond aux cinq éléments : le feu, l'eau, le vent, la foudre et la terre. Chaque nature du chakra possède ses caractéristiques et va influencer la technique utilisée. Comme dans la médecine traditionnelle japonaise, chaque élément en domine naturellement un autre, mais est dominé lui-même par un troisième (par exemple, l'eau éteint le feu, mais est absorbée par la terre).
Tout ninja possède une affinité naturelle pour l'un de ces éléments. Même s'il peut aussi apprendre à en utiliser un autre, cette affinité va le prédisposer à certaines techniques.

Naruto concentrant son chakra

L'utilisation du chakra

Dans la série, les pouvoirs des ninjas sont la conséquence de la manipulation de leur chakra, appelée le « malaxage du chakra ». Maîtriser le chakra nécessite souvent de l'expérience et un long apprentissage. Et une utilisation mal dosée ou inappropriée peut se retourner contre le ninja lui-même. La composante Yin du chakra puise son énergie dans la force mentale et s'améliore notamment avec l'expérience ou la méditation. La composante Yang est produite par les cellules du corps et peut donc être augmentée par l'entraînement physique.
Il est donc possible, avec de l'entraînement, d'améliorer la capacité de son chakra et seuls les meilleurs ninjas exploitent tout leur potentiel. Pour autant, l'énergie héréditaire ne peut être indéfiniment dépassée et chaque ninja a des limites qui lui sont propres. Naruto, notamment grâce au démon en lui, possède quant à lui une énorme puissance mais qu'il doit apprendre à contrôler.

L'équipe 7 en plein entraînement de maîtrise des chakras

Les chakras des Bijû

Dans l'histoire, les neuf démons à queues appelés Bijû, créés par l'ermite Rikudô, sont des créatures représentant des formes de chakra leur donnant une très grande puissance. Ces monstres, inspirés des légendes asiatiques et du folklore japonais, possèdent un potentiel destructeur énorme, tels des fléaux naturels. Ils sont combattus par les humains, mais ils sont aussi recherchés pour leur quantité de chakra. Car s'ils sont scellés dans un être vivant, celui-ci devient alors un Jinchûriki, c'est-à-dire un réceptacle de démon, comme Naruto. Si l'hôte du démon connaît alors de nombreuses perturbations émotionnelles, il peut aussi apprendre à se servir de cette force en lui...

Gaara se transformant en Shukaku

LES TECHNIQUES PRINCIPALES DE COMBAT

Le Justu, qui signifie « technique », est l'art du combat dans la série. Un Jutsu s'effectue le plus souvent à l'aide de sceaux formés avec les mains, que l'on appelle « mudrâ ». Le ninja doit ainsi effectuer ces signes et malaxer son chakra pour exécuter la technique souhaitée. Les techniques Jutsu se décomposent en plusieurs catégories suivant leurs formes. Elles requièrent généralement de nombreuses années de pratique pour être maîtrisées. Une des particularités de cette série est l'immense diversité des techniques déployées qui semblent pouvoir se combiner à l'infini.

Les techniques de bases

Parmi tous les Jutsu, il y a les techniques de base apprises à l'académie et qui font partie du répertoire essentiel de tout ninja. On y trouve, par exemple, la technique de métamorphose, pour se transformer en un personnage, un objet ou un animal. Il y a aussi la technique de permutation, qui remplace une chose en une autre, ou encore la technique de clonage, qui multiplie l'apparence de la personne qui l'utilise.

Naruto victime de la technique de clonage

Le Genjutsu ou l'art des illusions

Le Genjutsu est l'art de l'illusion exercé par les ninjas. Ce sont les techniques qui touchent les sens de l'adversaire, souvent via leur système nerveux, pour affecter les perceptions. Le Genjustu crée des illusions qui, bien qu'irréelles, mettent la victime dans une position difficile car il est alors possible de la dominer et aussi de manipuler son esprit. Certains sont même capables de créer des sortes de mirages qui affectent toute personne entrant dans ce champ d'illusion. Ces techniques demandent une grande maîtrise du chakra mental.

Itachi utilisant le Genjutsu lors de l'assassinat de ses parents

Itachi utilisant le Genjutsu sur Kakashi

Neji se préparant à combattre en utilisant le Poing Souple

Le Taijutsu ou l'art du combat physique

Le Taijutsu correspond aux techniques du corps. Proche des véritables arts martiaux, il s'agit du seul jutsu qui n'utilise pas vraiment de chakra et ne se déclenche pas à l'aide de signes des mains. De ce fait, ces techniques sont rapides à exécuter et s'effectuent généralement dans les combats de corps à corps. Il existe principalement deux styles de Taijutsu, le Poing Fort et le Poing Souple. Le Poing Fort est le style le plus répandu, qui se rapproche des arts martiaux et notamment du kung-fu. Il s'agit de frapper l'adversaire pour le blesser corporellement. Et le Poing Souple est la spécialité du clan Hyûga. Il n'utilise pas la force physique, il suffit de toucher le corps de l'adversaire sur des points vitaux précis et perturber son flux vital.

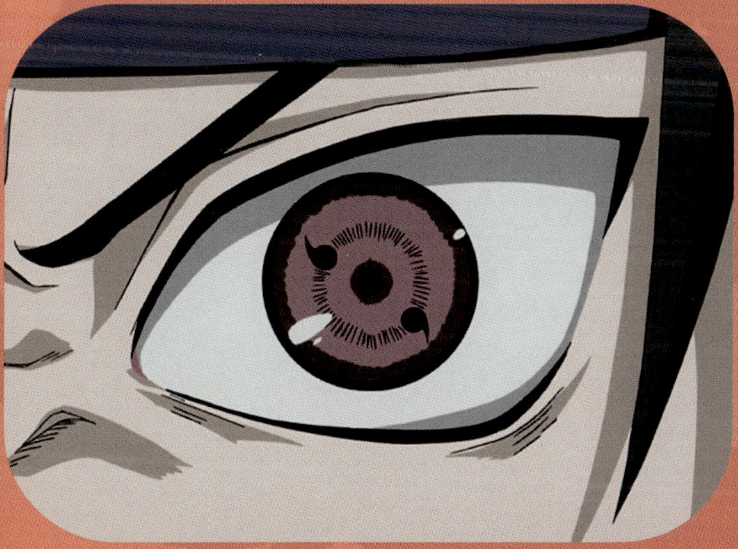

Sharingan de Sasuke

Les autres Justu

Les nombreuses autres techniques sont regroupées sous le nom de Ninjutsu, qui signifie techniques ninja. Ce terme regroupe toute pratique qui n'est pas un Genjustu ou un Taijutsu. Mais il existe de nombreux Jutsu spécifiques. Par exemple, les techniques de Pupille, techniques héréditaires utilisant les yeux. Les plus connues sont le Rinnegan ou le Sharingan. Elles peuvent permettre de voir ce qui ne peut être vu habituellement ou encore de copier toutes les techniques perçues. Ou encore les Fûinjutsu, qui permettent d'enfermer des objets ou êtres vivants dans un réceptacle qui peut être lui-même un être vivant. Il existe aussi le chakra d'ermite, consistant à utiliser la puissance de l'énergie naturelle, et les Jutsu interdits, dont l'enseignement est interdit, à cause de leur dangerosité pour l'exécutant ou car elles sont contraires aux lois de la nature.

Orochimaru pratiquant le Fûinjutsu

Orochimaru utilisant le Jujtsu Interdit en manipulant les corps des deux précédents Hokage décédés

NARUTO

Naruto est le héros principal de l'histoire. Tout le récit s'articule autour de son personnage, de sa quête et de ses aventures. C'est un garçon turbulent mais attachant, dont l'histoire personnelle est marquée par la perte de ses parents et le scellement d'un démon en lui. L'évolution du personnage, tout au long de l'histoire, se révèle à travers le parcours initiatique de ce jeune apprenti ninja, un peu cancre, qui deviendra l'un des plus grands guerriers de l'histoire...

Un garçon plein de qualités

Naruto est un garçon plein de vie et entier, mais il est parfois exubérant et turbulent. Il adore faire des blagues, ce qui a le don d'énerver parfois les autres. Il est aussi un peu excessif dans son comportement. Il ne mange, par exemple, quasiment que des rāmen (variété de nouilles japonaises) dont il est un fan absolu. Un de ses endroits favoris dans le village de Konoha est d'ailleurs le restaurant « Ichiraku Ramen » ! Mais ses attitudes, ainsi que sa difficulté à suivre les conventions et les règles, proviennent avant tout de son désir qu'on lui porte de l'attention. Outre ses capacités guerrières, la grande qualité de Naruto réside dans son rapport sincère et direct avec les autres. Son apparente solitude lui confère une force mentale à toute épreuve. Ses actions sont parfois immatures et sans réflexion, mais sa persévérance, sa bravoure et son amitié sans faille lui permettront de gagner cette reconnaissance qu'il désire tant.

Un jeune apprenti ninja

Au début de l'histoire, Naruto Uzumaki a environ douze ans. C'est un jeune apprenti ninja solitaire au caractère infantile mais d'une très grande force de caractère. Il étudie à l'académie de ninja de Konoha, sous la direction de son premier tuteur et instructeur Iruka. Orphelin et peu apprécié des autres villageois, car il est l'hôte du démon qui a détruit le village – ce qu'il ignore lui-même au début –, Naruto cherche avant tout la reconnaissance des autres. Et pour cela, ce qu'il désire avant tout, c'est devenir un grand ninja, et même un Hokage, c'est-à-dire le chef du village de Konoha !

Naruto et le Kyûbi

Le Kyûbi est le nom du Bijû (voir page 9), le démon-renard à neuf queues enfermé dans Naruto. C'est une créature à la puissance dévastatrice qui, avant d'être scellée dans Naruto, s'attaquait aux êtres humains de manière aveugle, telle une catastrophe naturelle. La personnalité de Naruto est grandement influencée par celle du Kyûbi, car la force du démon est parfois difficile à contrôler pour son hôte. Le Kyûbi, à l'apparence d'un énorme renard à neuf queux et aux yeux rouges de sang, est plutôt rusé et malveillant.
Lorsqu'il passe en mode Kyûbi, le physique de Naruto prend des airs du démon, et son chakra devient surpuissant. Cet avantage peut aussi s'avérer dangereux à cause de la force de l'énergie générée. Cependant, petit à petit, il apprend à mieux maîtriser ce pouvoir et à s'en servir de manière efficace.

LES POUVOIRS DE NARUTO

Le démon Kyûbi scellé dans le corps de Naruto lui confère des pouvoirs exceptionnels avec une grande quantité de chakra supplémentaire. Pour autant, au début de l'histoire, Naruto est peu discipliné et ne maîtrise que quelques techniques. Ce n'est qu'avec l'apprentissage auprès de ses maîtres, et notamment Jiraya (voir page 18), qu'il perfectionnera son art et plusieurs techniques de combat.

La technique de métamorphose Sexy Méta

Il s'agit d'une variation de la technique de métamorphose. Elle permet de se transformer en une belle femme nue dont les parties intimes sont cachées par de la fumée. Cette technique, peu efficace en combat, est utilisée généralement pour distraire un homme. Si elle est réussie, elle peut entraîner un saignement de nez ou une perte de connaissance chez la victime, proportionnellement à son attirance. La technique du Harem est une combinaison de cette technique avec la suivante, le Multiclonage, permettant de créer une multitude de filles attirantes ou de garçons nus.

Le Multiclonage

C'est l'une des techniques préférées de Naruto. Elle permet de créer des clones de lui-même, qui ne sont pas des illusions, mais de véritables copies qui ont leurs propres capacités, héritées de leur créateur. Toutefois, le chakra du ninja est alors réparti entre toutes ses copies, ce qui peut l'affaiblir. Chaque clone peut disparaître lorsqu'il le désire, à la première frappe de l'adversaire ou lorsque son original est blessé. Naruto utilise cette technique pour espionner par exemple, mais surtout pour accélérer son apprentissage. En effet, chaque expérience de ses clones lui permet d'apprendre.

L'Orbe Tourbillonnant Rasengan

Il s'agit d'une variante de la technique de la manipulation de forme qui consiste à faire tourner une boule de chakra dans la main. La boule d'énergie du chakra, extrêmement puissante par sa rotation et sa concentration, peut alors être envoyée vers l'adversaire. Cette technique demande une grande maîtrise, et son apprentissage, en trois étapes, est long. Naruto ne cesse de l'améliorer et de la combiner avec d'autres techniques tout au long de la série.

L'invocation des crapauds

Les techniques d'invocation permettent de faire apparaître des objets ou des créatures, avec lesquelles il faut être lié par un contrat signé avec le sang. Ces invocations peuvent alors aider le ninja dans ses combats. La quantité de chakra nécessaire dépend de la puissance de la créature appelée.
Les crapauds sont parmi les créatures les plus invoquées dans la série. Il s'agit souvent des crapauds ermites vivant au Mont Myôboku, ils utilisent l'art ninja et sont dotés de grands pouvoirs. Naruto a appris la technique d'invocation des crapauds avec Jiraya. Si, au début, il n'arrive qu'à faire apparaître des têtards, petit à petit, il peut invoquer des crapauds de plus en plus puissants.

L'ÉQUIPE 7

L'histoire débute autour des quatre personnages qui composent l'équipe 7. On l'appelle aussi l'équipe Kakashi, du nom de l'instructeur ninja qui forme les trois apprentis que sont Naruto, Sasuke et Sakura. Ce groupe est formé après l'obtention du titre d'aspirant ninja (grade le moins élevé de ninja) par chacun des élèves. Les quatre membres de cette équipe 7 vont rester, tout au long de l'histoire, parmi les personnages les plus importants et les plus influents de la série, notamment Naruto, bien sûr, mais aussi Sasuke.

Sakura Haruno

Sakura Haruno est une jeune ninja, la seule fille qui compose l'équipe 7. Au début, elle est clairement amoureuse de Sasuke, en qui elle voit le garçon parfait. Par contre, Naruto, qui lui a un faible pour elle, l'exaspère profondément. Sakura porte dans la série un bandeau sur le front car elle se faisait traiter de « gros front » par ses camarades. Elle apparaît d'abord comme une adolescente qui ne pense qu'à son apparence et à son amoureux. Pourtant, elle se révèle brillante et très bonne équipière. Tout au long de la série, la jeune fille va gagner en maturité, ce qui va notamment changer les rapports qu'elle entretient avec Sasuke et Naruto.

Sasuke Uchiwa

Sasuke Uchiwa est l'un des personnages principaux du manga. Il est à la fois le coéquipier, le concurrent, l'ami et le rival de Naruto. Garçon doué, brillant et beau (de nombreuses filles du village sont amoureuses de lui !), il révèle petit à petit son caractère sombre, solitaire et cruel. Car Sasuke a un seul objectif dans sa vie : retrouver son frère Itachi pour le tuer. Ce dernier a exterminé toute sa famille, le clan Uchiwa, sauf Sasuke, qu'il a laissé en vie car il n'était pas digne d'être tué selon lui… Par son évolution au cours des épisodes et sa relation spéciale avec Naruto, il est un acteur essentiel du dynamisme de la série.

Kakashi Hatake

Kakashi Hatake est le chef de l'équipe 7 et donc le premier mentor de Naruto. Bien qu'il paraisse un peu désinvolte et toujours endormi, c'est un ninja supérieur de grand talent. Il possède notamment la capacité de copier les techniques de ses adversaires pour les retourner contre eux. Grièvement blessé à l'œil gauche, il porte un masque qui dissimule la moitié de son visage, ne laissant apparaître que son œil droit. Il arrive toujours en retard et trouve toujours de fausses excuses pour se justifier. C'est aussi un passionné de livres !

LES NINJAS LÉGENDAIRES

Les trois ninjas légendaires, appelés aussi le trio, sont un groupe de ninjas exceptionnels du village de Konoha. Célèbres pour leurs exploits, ils ont combattu ensemble dans le passé, notamment durant la seconde grande guerre des ninjas. Ils ont la réputation de posséder une puissance équivalente à celle d'un chef de village ninja.
Ils sont peu présents au début de la série, car ils vivent séparément et ont quitté le village de Konoha pour des raisons personnelles. Mais ils se révèlent, par la suite, des personnages essentiels du récit et chacun devient le maître d'un des élèves de l'équipe 7.

Jiraya

Jiraya est un ninja atypique d'une cinquantaine d'années connu pour ses excentricités et son obsession à espionner les femmes dans les bains… Mais c'est aussi un guerrier exceptionnel et très doué. Appelé «l'Ermite des crapauds», il possède notamment le pouvoir d'invocation des crapauds. Ce qui l'autorise, spécifiquement en cas d'urgence, à appeler l'aide de Gamabunta, le chef des crapauds. Il maîtrise aussi la technique du mode ermite, une pratique puissante qui permet de puiser dans le chakra de la nature pour décupler ses forces. S'il refuse de devenir lui-même Hokage (voir page 4), il part avec Naruto rechercher Tsunade pour qu'elle prenne la succession, la jugeant plus capable que lui. Il devient aussi le maître de Naruto à qui il transmet tout son savoir et son affection.

Orochimaru

Surnommé « le serpent blanc », Orochimaru est sans doute le plus doué des trois ninjas légendaires. Il était considéré par Hokage le 3e comme son successeur légitime, mais il fut chassé du village de Konoha à cause de sa soif de puissance et son côté sombre.
Il rejoint alors l'organisation criminelle Akatsuki et poursuit sa quête malsaine d'immortalité et de toute puissance. Son obsession et son désir de vengeance le conduisent à s'attaquer au village de Konoha. Il y tue son propre maître, Maître Sarutobi, en y perdant au passage l'usage de ses bras, et affronte ses anciens compagnons Jiraya et Tsunade... Orochimaru prend aussi Sasuke comme disciple dans l'espoir de prendre son corps et posséder sa technique héréditaire appelée Sharingan.

Tsunade

Petite fille du premier Hokage, Tsunade est surnommée « la princesse des limaces » à cause de son pouvoir d'invocation de la reine des limaces, Katsuyu. Mais elle est surtout renommée pour sa force physique exceptionnelle et ses capacités en médecine, qui la font considérer comme la plus grande des ninjas médecins. Elle quitte le village après la perte d'êtres chers, et noie sa souffrance dans les jeux de hasard...
Ce n'est qu'après la mort de son maître, et grâce à la persévérance de Naruto, qu'elle revient à Konoha pour y devenir la cinquième Hokage et prend Sakura comme élève.

AUTRES PERSONNAGES PRINCIPAUX

En dehors de l'intrigue, la richesse de la série réside dans la multitude de personnages originaux qui apparaissent tout au long du récit. Qu'ils soient des acteurs principaux ou non, chacun révèle une personnalité propre avec son histoire et ses motivations. Parmi la centaine de personnages que compte l'histoire, en voici quelques-uns, plus ou moins importants, qui sont essentiellement présents dans la première partie du récit.

Le combat entre Maître Sarutobi et Orochimaru

Maître Sarutobi, 3e Hokage

Il est le chef des ninjas (le Hokage) de Konoha et a été aussi le maître des trois ninjas légendaires. Bien que vieillissant, Maître Sarutobi est un grand guerrier, respecté par tous les villageois, et maîtrisant toutes les techniques de Konoha. Il se sacrifie lors de son combat avec son ancien disciple, Orochimaru, en lui scellant les bras pour le rendre inoffensif.

Hinata Hyûga

C'est une jeune fille kunoichi (une femme ninja) du puissant clan des Hyûga à Konoha. Elle est réservée, aimable, réfléchie, mais manque cruellement de confiance en elle, surtout au début de la série. Hinata a aussi toujours admiré Naruto et tombe secrètement amoureuse de lui.

Gaara

Gaara est un ninja du village de Suna qui, comme Naruto, a un démon scellé en lui. Il apparaît d'abord cruel et égoïste, mais son combat contre Naruto le fait changer radicalement et il comprend l'importance de l'amitié et du don de soi.

Rock Lee

C'est un jeune ninja de Konoha poli et sérieux. Malgré ses faibles aptitudes, il parvient à devenir un ninja renommé, en ne pratiquant que le Taijutsu, et respecté, grâce à sa persévérance et sa motivation. Il est très dévoué à son maître, Gaï Maito, à qui il emprunte même sa coupe au bol et ses tenues vestimentaires !

Professeur Iruka

Iruka est instructeur ninja à l'académie de Konoha. Il est l'un des premiers professeurs de Naruto qu'il prend en affection et le considère un peu comme un membre de sa famille.

Itachi Uchiwa

C'est le frère aîné de Sasuke. Ce dernier le recherche pour se venger car il a tué tout son clan. Itachi apparaît tout d'abord comme un ninja déserteur cruel et sans morale. Mais par la suite, l'histoire révèle ses motivations et on découvre alors un autre Itachi...

Itachi portant le manteau de l'organisation Akatsuki

L'ORGANISATION AKATSUKI

L'Akatsuki (qui signifie littéralement « lune rouge » et se traduit par « l'aube ») est une organisation criminelle composée de ninjas qui ont déserté leurs clans. Elle offre ses services aux différents pays, un peu comme une location de mercenaires. Ses membres sont reconnaissables au long manteau noir avec des nuages rouges cerclés de blanc. Le véritable but de l'organisation n'est pas clairement établi, et il diffère selon ses membres.

LES PRINCIPAUX ARCS NARRATIFS

Sur les neuf saisons et 220 épisodes de l'anime Naruto, l'histoire comporte de nombreuses aventures et rebondissements. Le récit se développe suivant différents cycles, plus ou moins longs et importants, que l'on appelle les arcs narratifs. Ils correspondent aussi aux 238 premiers chapitres du manga (sur les 700 chapitres existants).

Haku, ninja du pays des vagues

Le pays des Vagues

On y fait la connaissance du village de Konoha et du jeune Naruto qui apprend qu'il a un démon-renard à neuf queues scellé en lui ! Après avoir réussi l'examen pour devenir aspirant ninja, il est envoyé en mission d'escorte au pays des Vagues avec les membres de l'équipe 7. Cette mission, a priori anodine, s'avère en fait particulièrement périlleuse. Ces aventures vont véritablement affirmer le caractère et la force des personnages de l'équipe 7 et notamment dévoiler le grand potentiel de Naruto grâce à la puissance du Kyûbi en lui.

Kakashi contre Zabuza

Tenten lors de la première épreuve de l'examen

L'examen de sélection des moyennes-classes

Lorsque l'équipe 7 revient au village de Konoha après sa mission au pays des Vagues, ses membres doivent participer à un examen en plusieurs épreuves pour accéder au rang de ninja de moyenne-classe. C'est durant cet épisode qu'apparaît Orochimaru, que l'équipe 7 doit affronter. Avant la dernière épreuve, un combat avec les aspirants ninjas des autres villages ninjas, Naruto rencontre Jiraya, qui deviendra son nouveau maître.

Les aspirants ninjas

L'invasion de Konoha

Durant l'examen de sélection des moyennes-classes, le village de Konoha est attaqué par des ninjas d'autres villages sous l'ordre d'Orochimaru. Ce dernier défie son ancien maître, le 3e Hokage de Konoha. En parallèle, Naruto combat Gaara, un jeune ninja du village de Suna possédant aussi un démon scellé en lui, Shukaku ou le démon à une queue. Les combats sont féroces, le 3e Hokage se sacrifie et paye de sa vie pour neutraliser Orochimaru et sauver Konoha. De son côté, Naruto vient à bout de Gaara, qui parvient à s'enfuir.

Le 3e Hokage lors de son combat contre Orochimaru

La recherche de Tsunade

Après la mort du chef du village de Konoha, on demande à Jiraya de trouver le prochain Hokage. Il part alors avec Naruto à la recherche de Tsunade, la ninja médecin légendaire. En chemin, ils sont attaqués par des ninjas sous l'ordre de l'organisation Akatsuki pour capturer le démon scellé en Naruto. Lorsqu'ils retrouvent Tsunade, celle-ci refuse l'offre. Elle n'accepte finalement qu'après avoir été témoin du courage et de la détermination de Naruto lors de son combat contre Orochimaru. Tsunade devient ainsi la cinquième Hokage de Konoha.

La fuite de Sasuke

La montée en puissance de Naruto rend Sasuke jaloux. Il décide alors de fuir Konoha pour s'entraîner avec Orochimaru. Une mission de plusieurs ninjas, dont Naruto, est alors formée pour le récupérer. Lorsque Naruto retrouve Sasuke dans la vallée de la fin, ils se livrent un duel sans merci avec de multiples rebondissements. Les deux amis, devenus adversaires, ont aussi des échanges profonds à propos de l'amitié et de leurs souffrances respectives. Sasuke parvient à gagner le combat et laisse Naruto inconscient. Sauvé et ramené au village par Kakashi, Naruto décide alors de s'entraîner avec Jiraya pendant deux ans et demi dans l'espoir de tenir la promesse qu'il a faite à Sakura : ramener Sasuke au village.

Sasuke utilisant la marque maudite pour augmenter sa puissance face à Naruto

Naruto lors de son combat face à Sasuke

TABLE DES MATIÈRES

©2002 MASASHI KISHIMOTO

© 2022, FLEURUS ÉDITIONS
57, rue Gaston Tessier, CS 50061, 75166 Paris Cedex 19
www.fleuruseditions.com
Direction : Guillaume Pô
Direction éditoriale : Sarah Malherbe
Conception de la collection : Émilie Beaumont et Jack Delaroche
Édition : Sélène Chateau assistée de Soizic Hauchecorne
Conception graphique : Éric Laurin sous la direction de création de Élisabeth Hébert
Direction artistique : Bleuenn Auffret
Graphisme : Julien Di Giorgio
Mise en page : Hélène Léonard
Direction de fabrication : Thierry Dubus
Fabrication : Morgane Lajeunesse

Loi n° 49-956 du 16 juillet 1949 sur les publications destinées à la jeunesse,
modifiée par la loi n° 2011-525 du 17 mai 2011.
Dépôt légal : octobre 2022
1ere édition - N° d'édition : J22302
ISBN : 978-2-2151-8165-1 • MDS : FS81651
Achevé d'imprimer en septembre 2022 par Rotolito en Roumanie

IMPRIM'VERT®

Certifié PEFC
Ce produit est issu de forêts gérées durablement et de sources contrôlées
PEFC
PEFC/46-31-13
www.pefc.ro